傳古芸香

小檀欒室彙刻閨秀詞

徐乃昌 校刻

第九集
第十集

寒

浙江大學出版社

傳古樓據浙江圖
書館藏清光緒間
徐乃昌刻本影印

出版説明

徐乃昌（一八六九—一九四三），字積餘，號眾絲，又號隨庵老人。堂號鄦齋、積學齋、鏡影樓、小檀欒室。安徽南陵人。光緒十九年（一八九四）舉人，歷官江南鹽法道兼金陵關監督、江蘇高等學堂總辦等。辛亥革命後，蟄居上海，與張謇等人合夥經營實業，業餘收藏古籍自娱，與同時藏書家繆荃孫、葉昌熾、劉世珩、劉承幹等人過從甚密。徐氏精於流略之學，勤於校勘，一生校刻古籍近二百種，在近代藏書史、出版史上貢獻巨大。

徐氏編刻詞籍在其刻書事業中影響甚大，先後彙刻《小檀欒室彙刻閨秀詞》、《閨秀詞鈔》、《皖詞彙刻》、《皖詞紀勝》、《安徽詞鈔》，參與編選《全清詞鈔》、《安徽清代名家詞》，選録《晚清詞選》等。其中尤以《小檀欒室彙刻閨秀詞》、《閨秀詞鈔》兩種最爲著名。《小檀欒室彙刻閨秀詞》分十集，第一集收録十家十種十卷，第二集收録十家十種十卷，第三集收録十家十種十一卷，第四集收録十家十一種十一卷，第五集收録十家十一種十一卷，第六集收録十家十種十五卷，第七集收録十家十種十卷，第八集收録十家十種十一卷，第九集收録十家十種十一卷，第十集收録十家十種十卷，合計共收録明末及清代女詞人一百家，詞集一百零二種，一百一十卷。各集卷首冠以作者姓字里居事履等。全書第一册牌記云『南陵徐乃昌／校梓始於乙／未訖於丙申』，知其校刻工作始自光緒二十一年（一八九五），至光緒二十二年（一八九六）結束。然第一集牌記云：『光緒二／十四年／三月朔／積餘屬／張謇題』，第七集牌記署『光緒戊戌／三月張謇／題耑』，則實際上此書的校刻已超出『丙申』（一八九六）下限。金武祥序云：『（徐乃昌）於豸衣行縣之餘，燕寢凝香之暇，搜集昔時名媛傑作，得若干家，都若干卷，顏曰《小檀欒室彙刻閨秀詞》。殺青初汗，郵筒遥傳。不棄下葑，教之加墨。』序作於光緒三十一年（乙巳，一九〇五）夏，則知此書實際校刻工作前後歷時十年始告竣。《小檀欒室彙刻閨秀詞》所收録詞人詞作，以已成卷帙者爲限，除此而外，那些僅存零章斷篇者，『又仿元詩癸集之例，凡詞之叢殘不成集者，合爲一編，曰《閨秀詞選》』（王鵬運《小檀欒室彙刻閨秀詞序》），即宣統元年（一九〇九）付梓的《閨秀詞鈔》十六卷，收録女詞人五百二十一家，詞作一千五百九十一首，另刻單行。

《小檀欒室彙刻閨秀詞》有光緒間徐氏小檀欒室刻本。一九八六年，江蘇廣陵古籍刻印社據小檀欒室刻本影印。一九九七年，臺灣富之江出版社出版鄭競標點本。光緒刻本全帙和一九八六年影印本，現在市面上都不易見到。富之江出版社標點本則魚魯亥豕滿紙，不堪卒讀，而且只收録六十家，尚非全本。茲據浙江圖書館藏小檀欒室刻本爲底本，重加排版，予以影印。

李保陽

二〇一八年四月十一日

小檀欒室彙刻閨秀詞總目録

第一雧

第二雧

江　瑛《緑月樓詞》一卷
周詒蘩《静一齋詩餘》一卷
周翼杶《冷香齋詩餘》一卷
宗　婉《夢湘廔詞》一卷
錢念生《繡餘詞》一卷
翁端恩《簪花閣詩餘》一卷

第三雧

小檀欒室彙刻閨秀詞目　第三雧
小檀欒室彙刻閨秀詞弟三雧詞人姓氏
顧貞立《栖香閣詞》二卷
張令儀《蠹窗詩餘》一卷
薛　瓊《絳雪詞》一卷
沈　纕《浣紗詞》一卷
江　珠《青藜閣詞》一卷

趙我佩《碧桃館詞》一卷
沈　榛《松籟閣詩餘》一卷
蔣紉蘭《鮮潔亭詩餘》一卷
趙友蘭《澹音閣詞》一卷
陳　嘉《寫麋廔詞》一卷

第四雧

小檀欒室彙刻閨秀詞目　弟四雧
小檀欒室彙刻閨秀詞弟四雧詞人姓氏
莊盤珠《秋水軒詞》一卷
錢斐仲《雨花盦詩餘》一卷
關　鍈《夢影廔詞》一卷
張䌌英《澹蘜軒詞》一卷
張𦄂英《緯青詞》一卷
許德蘋《餘漱玉詞》一卷

許德蘋《澗南詞》一卷
趙　芬《濾月軒詩餘》一卷
蕭恒貞《月㡁琴語》一卷
陸　蒨《倩影㡁遺詞》一卷
吴尚憙《寫均㡁詞》一卷

第五集

小檀欒室彙刻閨秀詞目　第五集
小檀欒室彙刻閨秀詞弟五集詞人姓氏
吴　藻《花簾詞》一卷
吴　藻《香南雪北詞》一卷
吕采芝《秋笳詞》一卷
陸　珊《聞妙香室詞》一卷
席佩蘭《長真閣詩餘》一卷
唐韞貞《秋瘦閣詞》一卷

錢　湘《緑夢軒遺詞》一卷
陳珍瑶《賦燕㡁詞》一卷
陸蓉佩《光霽㡁詞》一卷
凌祉媛《翠螺閣詞》一卷
濮文綺《彈緑詞》一卷

第六集

小檀欒室彙刻閨秀詞目　第六集
小檀欒室彙刻閨秀詞弟六集詞人姓氏
孫雲鶴《聽雨㡁詞》二卷
袁　綬《瑶花閣詞》一卷補遺一卷
談印梅《九疑僊館詞》一卷
朱　璵《金粟詞》一卷
熊　璉《澹仙詞》四卷
方彦珍《有誠堂詩餘》一卷

殷秉璣《玉簫詞》一卷
高佩華《芷衫詩餘》一卷
陶　淑《菊籬詞》一卷
儲　慧《哦月樓詩餘》一卷

第七集

小檀欒室彙刻閨秀詞目　弟七集
小檀欒室彙刻閨秀詞弟七集詞人姓氏
吴　綃《嘯雪菴詩餘》一卷
徐元端《繡閒詞》一卷
鮑之芬《三秀齋詞》一卷
王貞儀《德風亭詞》一卷
左錫璇《碧梧紅蕉館詞》一卷
左錫嘉《冷吟僊館詩餘》一卷
鄭蘭孫《蓮因室詞》一卷

阮恩灤《慈暉館詞》一卷
汪淑娟《曇花詞》一卷
鄧　瑜《蕉窗詞》一卷

第八集

小檀欒室彙刻閨秀詞目　弟八集
小檀欒室彙刻閨秀詞弟八集詞人姓氏
商景蘭《錦囊詩餘》一卷
葛秀英《澹香樓詞》一卷
劉琬懷《補欄詞》一卷
張玉珍《晚香居詞》二卷
許淑慧《瘦吟詞》一卷
錢孟鈿《浣青詩餘》一卷
黄婉璚《茶香閣詞》一卷
許誦珠《雯窗瘦影詞》一卷

吴　茝《佩秋閣詞》一卷
俞繡孫《慧福廔詞》一卷

第九彙

小檀欒室彙刻閨秀詞目　弟九集
小檀欒室彙刻閨秀詞弟九集詞人姓氏
朱中楣《鏡閣新聲》一卷
錢鳳綸《古香樓詞》一卷
鐘　筠《梨雲榭詞》一卷
孫雲鳳《湘筠館詞》二卷
屈秉筠《韞玉樓詞》一卷
季蘭韻《楚畹閣詩餘》一卷
曹景芝《壽研山房詞》一卷
屈慧纕《含青閣詩餘》一卷
俞慶曾《繡墨軒詞》一卷

李道清《飲露詞》一卷

第十彙

小檀欒室彙刻閨秀詞目　弟十集
小檀欒室彙刻閨秀詞弟十集詞人姓氏
沈宜修《鸝吹詞》一卷
葉紈紈《芳雪軒詞》一卷
葉小鸞《疏香閣詞》一卷
賀雙卿《雪壓軒詞》一卷
張友書《倚雲閣詞》一卷
孫瑩培《翠薇僊館詞》一卷
吴小姑《唾絨詞》一卷
繆珠蓀《霞珍詞》一卷
沈鵲應《崦廔詞》一卷
李慎溶《花影歗笙室詞》一卷

本册目録

小檀欒室彙刻閨秀詞第六集

通州張謇題

小檀欒室彙刻閨秀詞目

南陵徐乃昌仌弜編

第九集

俞慶曾繡墨軒詞一卷

李道清飲露詞一卷

小檀欒室閨秀詞弟九彙詞人姓氏

南陵徐乃昌彡弜叢録

朱中楣原名懿則字遠山吉水人前明宗室議汶女兵部尚書李元鼎室禮部尚書振裕母著有石園五集錢牧齋宗伯爲序熊雪堂少宰稱其詩餘穠纖倩麗不減易安陳伯璣李雲田遴選國雅海內閨秀僅得二人惟夫人與黃皆令而已

錢鳳綸字雲儀仁和人翰林錢繩庵女侍御筆修姊同邑貢生黃式序室少承母氏顧夫人之瓊教拈弄筆墨品題彎鳥有謝家風致父母絕愛憐之賦詩諸體皆工取材於漢魏覽典於騷雅與姊靜婉柔嘉柴季嫻妳光

顧仲楣啟姬李端芳馮又令弟婦林亞清結社湖上之
蕉園卽景塡詞一時稱盛著有古香𠆾集散𩈂灘集
鍾筠字蕡若仁和人明忠惠公孫女仲雪亭室田叔詩
人母
孫雲鳳字碧梧仁和人孫令宜廉使長女雲鶴姊適程
氏爲隨園女弟子郭頻伽評湘筠詞寄意杳微含情幽
渺置之𩈂閒集中當在飛卿延巳之間
屈秉筠字宛仙常熟人同邑秀才趙同鈺室夫婦工詩
錢唐袁枚昭文吳蔚光比之鷗波眷屬宛仙復工畫尤
善白描著有韞玉𠆾詩集四卷
季蘭韻字湘娟常熟人屈文學宙甫室屈少穎巽爲擘

彙書詩畫學郎工季博涉經史亦工詩畫一時閨閣有
徐淑秦嘉之目
曹景芝字宜仙吳縣人同邑陸元第室毓秀毓英胞姊
均工詞毓秀有桐華館詞毓英有鋤梅館詞彙刻爲雩
雩聯詠集
屈蕙纕字逸珊臨海人前署鳳陽府知府王詠霓室有
詩集妹蓮纕亦工詩詞
俞慶曾字吉初德清人前河南學政俞樾孫女
李道清字味蘭合肥人編修李經畬女常熟舉人楊鑑
瑩元室

鏡閣新聲

鏡閣新聲

鏡閣新聲

吉水朱中楣遠山譔

如㝱令

璽絲𣡸棠龢湘蘋夫人

露浥海棠絲重雲破曉鐘初動無力尙微酣遥映一簾
紅弄如㝱如㝱醒後心兒獨捧

前調

懷歸

桂子香風暗透又是中秌時候帶月捲簾窺眉映碧波
紋緲消受消受惟有燕山依舊

前調

汎湖

天與湖光一派惟有青山稍礙水落岸痕深還恐負龍嗔怪欵乃欵乃箇箇菰菱滿載

溝調

詠嬌小

自小嬌憨親縱惱著情兒沒縫萬喚只低頭故故嗔人珍重如瘳如瘳姊妹仙行居仲

溝調

悼媳陳氏

燃砌一腔新悶萬斛千航鷄盛何處最惕情兒向書幃誰問孤另孤另應捹關睢不詠

減字木蘭花

次康小范夫人韻

杏園春暮艷奪朝霞沾雨露翠黛痕收笑對荼蘼小檻幽　雕梁燕語艸長蘼蕪知幾處彤管輕描和罷陽春栁絮飄

菩薩蠻

立秋贈槑君

涼風欸欸驚慫客蕭蕭短髮衣衫窄秋色入園林新蛩嗚夕陰　江南尋正美欲趁蘆花水簾捲月痕收砧聲隔畫樓

壽調

閨旹

惱晋自是因旹瘦欲寫新詞應未就人苦戀旹情旹歸不戀人　旹道歸非早百二還嫌少人不解旹情反云旹撇人

西江月

算旹雨夜

細雨欲收旹公殘雩暗約鶯畱無心閒玩強登慶陌上行人還有　泥滑鷓鴣舊恨提壺喚起新愁天涯芳艸共悠悠零落海棠消瘦

荓調

詠小白猫

彌月貍奴堪玩新池魚婢應忙時時偷覷水中央躲在薔薇架上　臥侶綠茵滯雪嬲疑錦幔飛霜穿林似兔忒輕狂撲着蟲兒誰讓

浪淘沙

七夕前一日晚坐聞隔牆王玉孃琴聲

新月映眉粧露滴鸞房香風暗透薄羅裳何處清音偏著耳恰在東牆　切切指生香韻雅悠揚凄凄楚楚斷人腸流水調高人不見遥隔長廊

南鄉子

送熊雪堂少宰年嫂杜猗蘭南旋

烁色澹晴光又聽呢喃話別長隨趁蓴鱸歸去早稱觴

帆曳西風遠芰香　何日逐歸檣不爲驚秌泪染裳鴈
足那堪傳客信悲傷倉黛顰愁酒數行

木蘭簪

秌雨

囊空幸有書堆案柳斂青眉秌已半急風斜雨助輕寒
消瘦芭蕉驚夢斷　芙蓉醉雨眞堪玩戶外一聲初度
鴈清霜有意妬芳華故使秊光容易換

鳳棲梧

看家五絃宮保陳姬遺照

無限心愁緘素口却恨東風吹折簪枝久摹寫丹青描
未就淋鈴已溼青衫皺　猶記尊前閒戲走綠暗紅稀

那管人消瘦一曲琵琶今在否相思還問調羹手

風中柳

春歸詠鶯

滿地榆錢恰是贖將春去亂紅飄殘鶯無語薄情春去又值黃梅雨鶯慵飛綉簾偷覷　嗔婢垂簾幾向枝頭如訴故鄉泥把箋污晚香浮處見薔薇半吐翠煙鎖一林飛絮

行香子

上巳

小小園亭百卉芳馨水邊花下任怡情憑誰妙手繪幅丹青倣王摩詰吳道子倪雲林　風動波平景物撩人

綠穠翻翦翦紅輕欣逢上巳共賞良辰擬蘭亭禊飛英
會鷺鷗盟

前調

題畫冊美人

的的丹青裊裊匀匀神情纖悉恁輕盈朱脣欲啟羅帶
初縈侶紅樓豔綠窗麗漢宮春　桃源期伴隔院邀盟
薔薇翠昏石榴裙凝眸顰覷倚樹含情羞一谿水一林
石一雙禽

前調

初霽看牡丹

好鳥初耕坐老唬鶯桑鳩喚婦晚窗明牡丹初放倚帶

微醒看青猊白蓬萊紫玉廔旹　雨中過半些子新晴
閒拈小調詠芳卿怕旹歸早侶笑還顰有酴醾伴淩霄
侶惜彎人

苒調

題陳伯璣浣花居圖

半束羲琴一段巫雲輕衫澹染竹根青蒼龍斜倚寶鴨
新熏似粧初罷風初裊韻初生　仙塵遥隔幸睹芳真
何時攬袂羨甯馨烁高月小花滿庭芬蕁憐香伴清閨
裏共論文

干烁歲

別橫波顧年姣南歸

天涯分袂頓覺愁千倍憑宗寡添憔悴風移蟬唱短雨滴梧桐碎方信道離懷未飲心先醉　涇腭疑有意點點如紅淚新荷碧殘葭翠烁清人漸遠水靜鸎濃睡知音少斯時別公何時會

〔前調〕

春雪

璚花飄砌點額新妝媚微雨間輕風起同雲迷鴈沓纁閣添香沸囊磬也惟餘薄釀還堪醉　幸識貧滋味衔含清如水冰欲泮寒應已心隨殘臈遠意攬繁英碎春又也人歸不似春歸易

滿江紅

讀陳相國徐夫人湘蘋詞

淚眼懨懨懷聊只把芳詞翻閱句清新堪齊絡緯並稱雙絕字字香傳今古憤行行畫破英雄策倩玉簫吹徹漢宮烌聲聲咽　離別闊仍猶結舊游處燕臺月口一番風雨亂紅烌疊玉砌森森連紫苑英才盡是人中傑盼相逢約略在何年從頭說

前調

丁酉仲夏讀陳素庵夫人詩餘感和

乍雨還晴怨怨怨天無分別更那堪淮流涇水共人悲咽佳節每從愁裏過清光又向雲中沒恨嘅痕欲續調鶵成柔腸絕　雩弄影紅殘纈穴荷覆瑶琴歇問梁間

蕣子共誰凄切舉目關河空拭泪傷心杯酒空邀月歎
人生如夢許多般皆虛擲

滿庭芳

雩朝偕陳浣花君朱女琴士讌集熊姑母東湖艸堂隨過杏花邨舍風雨驟作而歸因訂尼庵之約

纔過春分又將寒食煙光處處宜人欲邀儷侶選勝趁芳辰尚卜陰晴未穩重游意兀自逡巡城南畔招提小小桃李亦紛紜　閒評傷往事王孫艸綠帝女雩芬漸落侵古逕蒿滿閒門賸有方池碧漲凝情處對古亭新還怊悵踏青期阻微雨杏雩邨

古青樓詞

古香慶詞

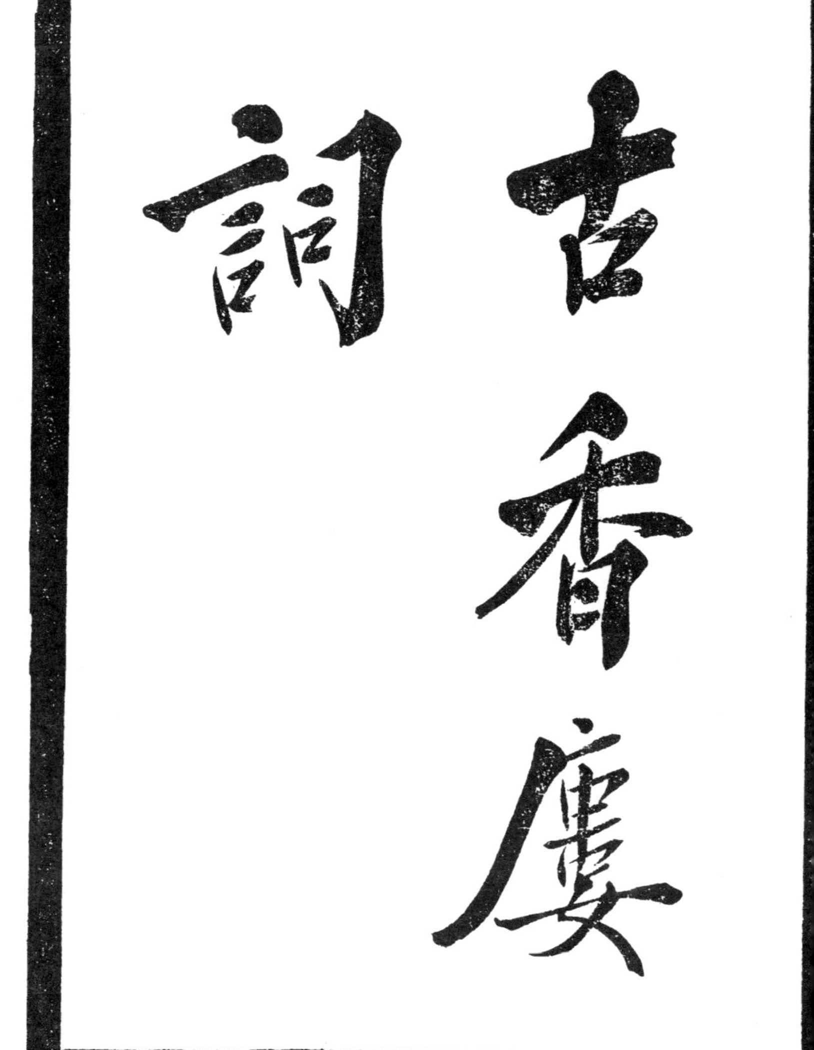

古香樓詞

仁和錢鳳綸雲儀譔

憶王孫

與顧仲楣對奕

青槑如豆又春殘燕啄飛鶯到畫闌午簟初回清晝閒爇沉檀紅子輕敲賭鳳團

柳枝

雨後海棠

空堦冷雨臙脂減芳姿終宵不斷淚千絲為誰凝 郄侶繡幃新睡足欹紅玉一腔幽恨沒人知可憐時

凴倚闌令

哭柔嘉姊

凭欄久覓芳踪思無窮記得玉鈎微步處印殘紅 小園深醉曾濃香馥馥帶惹曾風悔殺從前歡讌處總怱怱

浣溪沙

偶題

深水縈回石徑斜繞溪一帶種槑深萬深深處是儂家 自寫閒情依翠竹愛看清影浣曾紗小庭風靜穩棲鴉

菩薩蠻

早曾湖頭掃墓

六橋積雪晴光射蕭疏疑是雲林畫幾點遠山橫一湖
春水平　墓門斜日靜翠竹迎人冷極目總消魂羅巾
揾淚痕

眼兒媚

弟雙成弟婦雨窗話别

一望迷離雨聲淒雲壓莫山低蕭蕭落葉嗷嗷哀鴈話
到樓西　料得今宵人靜後惆悵掩羅幃爍殘吟罷殘
鐙滅後有夢初歸

海棠春

立春日作

佳人占得春光早濃豔處新粧偏好紅穗綵雲斜玉鬢

金釵裊　輕籠翠裏低聲道願歲歲旾光不老看徧上
林谿着意憐芳艸

清平樂

與柔嘉娣宿河渚看槑

乳鶯初囀曉夢棃雲斷朝日篷窗穿一綫個裏旾光偷
換　惜旾莫爲旾愁羅浮更約重遊記取連牀絮語槑
谿深處山樓

眉峰碧

旾日與亞清弈

深院閒旾晝小篆薰金獸一杯清茗一枰棋正杏雨香
飛候　鶗鴂新聲溜驀地驚回首無端輸卻玉搔頭倚

屏笑撚梅枝嗅

攤破浣溪沙

懷亞清

月落空庭梅影遲繡屏欹枕寥迴時咫尺城闉鴻雁斷郎天涯　半壁青鐙臨衛帖一窗寒雨讀陶詩別後深閨無限事總堪悲

鵲橋仙

寄外

鴻雁初來梧桐乍落正是早秋時節夜深無計遣愁懷那耍又燈兒將滅　羅襦慵解篆煙微燼無限幽情鷓說低回脈脈少人知還幸有今宵明月

虞美人

本意

楚歌畫角聲聲發吹落邊城月八千子弟久從龍一夜雕鞌金甲散長空　甯教玉碎君王側血染征袍赤貞魂不肯入關中歲歲烏江波漲泣香紅

踏莎行

烁草雨霽偕柔嘉娣遊河渚

雲暗山光風和竹韻晚來庭院寒成陣玉纖無力整殘糚倩人簪下扶蟬鬢　爲愛登臨頓消愁悶煙霞侶弃蓬萊近午宵雨過嫩苔生歸來踏得雙鴛潤

壽調

烋日偕馮又令過米山堂時予新痛亡姪又令復傷仲子感賦

羅幛長縈，愁城難破，岑岑病悰慵梳裹。貧居曲徑悄無人，籬門一帶烋煙鎖。　鄰女傳來，香車初過，眉峯輕拂雲鬟嚲。相邀花圃共談心，臨流斜倚寒山坐。

鵲踏枝

寄長嫂查楣思

乍煖餘寒春日永，未許鶯啼，清晝深閨靜。嫩緑柔黄堆小徑，曉風催放枝頭杏。　悵望瑤姬仙闕迴，數闋新詞，鎮日和愁詠。幾曲闌干還獨凭，夜深月過蒼苔冷。

鳳棲梧

旾游

聞道海棠開欲謝日上璚慶雲髻新梳罷翠黛輕輕纖手畫旾衫薄薄熏蘭麝　蕩子鶯兒飛綠野游女翩躚鬭艸貪歡要奪得柔枝盈一把碎揉彎片將人打

傳旾玉女

簾捲西風卻又早秌時節藥爐聲沸和涼蟬淒切羅帷向晚伴我半規新月噓噓熄歎岑岑病怯　尺素鴻憑乍臨牋倦又歇故人何處侶楚天遼闊相逢甚日試剔銀鐙重說前朞難料怎教輕別

满江紅

庚午五日哭母

猶記舊時新寱破乳鶯初囀曾幾日韶光都盡驟驚心

眼蒲葉欹風寒翠色榴彎着雨垂紅瓣最傷情時物總

如前親鷄兒　懸艾虎飄金綫敲畫鼓轟雷電看兒童

遶膝更教腸斷楚些空傳騷客恨江濤似訴曹娥怨願

相逢角黍入重淵逢親面

滿庭芳

湖莊觀遊女

綠染芭蕉紅催芍藥紛紛盡鬬鮮妍小麈粧罷獨坐悄

無言自汲流泉煑茗香細細清興泠然撈簾看日高煙

斂一抹澹青山　隄邊遊女伴娟娟楚楚弱柳風前更

澄波弄影恍若飛仙怪殺斜昜西墜空目斷遠水長天

願化作萋萋芳艸輕襯一雙鴛

燭影揺紅

送幼鯤弟北上

潦倒明湖頻年事事傷心臆無端忽又唱驪歌鴈陣分南北歲暮長途作客整行裝半肩書笈千山雪擁萬壑雲連大江孤楫　勝景標題一枝錦繡江淹筆遥空時有鴈南來憑寄雙飛翼何日傍游燕國贈歸來陶輿謝屐黃鶯聲裏綠柳陰中雨簑煙笠

孤鸞

爲林寅三表兄咏孤鴈時嫂重棢新没

韶華易促早簾幕封塵珮環零玉鸞子多情乞伴主人

幽獸不向烏衣覓偶度昔烌依然孤宿一任文禽比翼趁晴波雙浴　憶當年舊巢相對築更銜雨銜泥同棲華屋新雛初學語喜呢喃聲熟忽被曉風吹散泣離鸞斷絃鶼續隻影悲鳴雾下總燃紅怨綠

換巢鸞鳳

送顧啟姬之燕京

日暖昔穠羨雙飛彩鳳上國遨遊金樽斟別酒玉版寫新燃驪歌未唱泪先流忽輕說乘扁舟太休艺曾念共繡閣論文人否　攜手何日又翦燭窗搿絮語黄昏候吳岫雲停蓟門月落兩地應知眉皺韻事千烌遍傳聞題橋添箇文君友鈿車寶馬上林看遍雾梯

水龍吟

懷柴季嫺表嫂兼謝畫槑

朱闌曲檻閑凭朵篁揜映深深院丹楓染遍黃萼初放色深香淺玉案聯吟錦箋分韻珠璣新燦最無端牧篴聲聲起處催日落橫塘晚　别後蒹葭水遠正空閨梨雲㝱斷丹青一幅天風吹墮羅浮香滿疎影橫斜暗香浮動毫端如見怕朝來翠羽雙雙飛去葬晶簾捲

綺羅香

初夏偕同社壽季嫺凝香室讌集别後賦謝

宿雨飛來輕雲不散揜映遥山黛色鶴馭凌風霧鬢雲鬟微溼傾玉夜翠羽流觴燦晴霞珠光盈壁最堪誇青

鳧翩翩銜將丹詔降層碧　避塵小築書齋看栽槑放竹擕琴枕石何處吹來天上玉簫鐵篴聲緩緩遏響行雲影遲遲雩翻瑶席耍相朞月逗苒溪踏歌還綺陌

棃雲榭詞

黎雲樹詞

黎雲榭詞

仁和鍾筠賁若譔

十六字令

堤畔柳翩躚長短亭行人去幾長見青青

生查子

和錢淑儀查夫人

斜月逗湘簾搒映銀河淺翠幙暮寒生陣陣西風翦蟋蟀入牀頭佀訴幽人怨淸影到梧桐宋寞閒庭院

點絳唇

秋閨

萬籟無聲小園恰是深山靜惱䌓人病懶向雕闌凭

月上高枝枕弄芭蕉影簾櫳扃西風纔定挑落鐙花冷

浣溪沙

題楊倩玉聞友遠山遺稿

悵望巫山一段雲落花飛絮柰渠存莫教容易訴離覓

蝴蝶枕前思舊𥅻杜鵑聲裏泣餘昏淒風楚雨作黃

昏

蔣調

和楊倩玉那不教人說可憐起句

那不教人說可憐彩雲吹斷惜花天嬌啼楊柳泣朝煙

蓮子蜂房猶未結桐絲鳳啄已鶵粘夕陽樓閣水如

天

前調

初夏

開到荼蘼花已殘埀簾猶自怯春寒困人時候雨連纖鸎子將雛聲細細荷錢雖小葉團團一庭芳艸綠如煙

減字木蘭花

春曉

曉鶯破夢九十春光誰與共望眼迷離粉蝶棃花一處飛東風無力小院迴廊春寂寂悄傍妝臺明鏡無端引恨來

前調

讀余夫人蘭馨集偶摘佳句塡詞寄懷

深深庭院乍搴珠簾朝雨散雲外淸江彎裏琵琶應遶梁　夢覓飛去卻怪韶光留不住遠對風徽但見青山列畫眉

前調

前題

風來水面片片落彎隨澗轉鶯語垂楊佳句題成吐異香　瞳曨旭日惆悵春風空歎立嫩綠殘紅人在芙蓉水閣中

前調

前題

菱彎嬌映巧畫娥眉鶵與並上苑彎開無數飛紅逐浪迴　融融淑氣嫋嫋芙蕖初出水鶯語流香宋窠重門晝恨長

阮郎歸

送別長姊父夫人

臨風灑泪唱驪歌嗁痕沁薄羅小虔又見鴈南過炼風炼雨多　思繾綣怨蹉跎懨腸侶擲梭開軒對月問姮娥此情可柰何

西江月

題海昌陳相國夫人徐湘蘋拙政園詞後

鐙火平津閣上鶯彎拙政園中五雲深處鳳樓東一枕

遼西幽廖　蘇蕙迴文錦字班家團扇秋風龍吟鶴和
幾人同聲壓南唐北宋

南歌子

寄七姊查夫人眉令

翠鈿同時換么絃對月調蛾眉猶憶一般描腸斷離人
風雨聽吹簫　余寡愁春晝殷勤記昨宵休將短棹逐
春潮何日重來研露共題蕉

前調

寄四姊吳夫人山容

刺繡工夫巧評碁逸興賒西園攜手看蜂衙無數閒情
都付夕陽斜　世事流如水人情幻似雲一庭香雪冷

窗紗兩地愁懷應共此些些

南鄉子

送七姊還海昌

細雨動離愁牙尺并力記小廔不道今宵眞箇別難留慳殺風帆一葉舟　錦字莫沉浮雙鯉頻看溪水流三尺瑤琴還在壁凝眸指上宮商歎白頭

蝶戀花

春閨

爲惜名花春起早八比花嬌添箇鶯簧巧十二闌干都倚到東風牽惹遊絲裊　嫩日窺臉淸景好青粉墻東紅紫光相照結伴踏靑閒鬭艸只愁花信催人老

爪茉莉

寄如嫂方眉士

獨坐紗牕聽風淒雨苦雕欄外雲歌栖舞獸爐煙裊有誰共知心密語又幾回漫托瑤琴爭柰琴心不許　寄題分韻倚屏山顰眉膴纛地裏閒愁無數花牋砑就鷄寫愁腸千縷細沉吟試問愁來何處爲甚竟迷去路

滿江紅

春去

九十春光看飛絮憑空瀟灑晝漸永短紅長綠香飄蘭麝宗寡蘿歸芳艸岸淒涼煙鎖斜昜下怎風輕雲澹蓑花天都催謝　槑雩賤蓮雩社菱波皺春山畫倚雲屏

兀坐鸞箋慵研架上荼蘼吹曉雨簾前鸚鵡調新話更
杜鵑啼血到無聲鶗鴂留也

意難忘

春日感懷寄七妹查夫人

曉日烘窗看柳眠鶯笑做盡春光遠山橫黛綠碧水卻
餘香千疊意九迴腸但撫景悽愴任滿庭紅情紫態蝶
亂蜂忙　堪傷去路茫茫見尋春士女逸興如狂偎鶯
識面去對月又相將帆影斷暮雲傍有歸鴈成行更那
堪鶯陰宋宋月轉西廊

多麗

秌夜

倚迴廊西風初透羅裳夜沉沉碧天如畫銀河遠瀉坐
楊問何處野猨嘑嘯曾經見孤鴈翱翔繡戶寒砧譙慶
戍鼓數聲和月到紗牕迴文字爭傳蘇蕙媿殺謝秋孃
更何須鶯調蝶拍栁舞桃粧　憶年時彎開舊院黃鸝
巧弄笙簧撥紅牙歌翻新律擎玉斝盃底生香露冷煙
青桑移海換教人底處問秋光又無端砌蛩悲咽桐葉
響銀牀凝思裏夜闌人靜燈影幢幢

湘筠館詞

湘筠館詞

湘筠館詞卷上

仁和孫雲鳳碧梧譔

菩薩蠻

玉階露冷蟲聲咽珠幰影透玲瓏月長夜瘳鶍成烁窗不肯明　柳眉花佀臉鎮日深閨掩人立小闌干賞花香正殘

如夢令

落槑

睡起捲幰無力薄暮曲闌閑立細雨勒輕寒一陣落槑風急堪惜堪惜吹散滿庭香雪

蝶戀花

春暮

一枕黎雲天欲暮昏朦模糊又被嚦嚦鶯妒髻子半偏無意緒金鑪慵把沈檀炷　留得殘昏無繫處怪底東風吹向天涯么蝶粉暗粘簾外絮黃昏幾點催花雨

訴衷情

紅樓朦朧斷曉嚦鶯繡幕峭寒生二月江南春晚深巷賣花聲　苔蘚薄柳煙輕最淒清昨宵風雨今朝寒食來日清明

少年遊

澹掃蛾眉輕盤螺髻妝罷耍塗黃雲母屏旁水晶簾外荷氣雜衣香　晚來放艇波心么歇自覓清涼笑摘青

蓮故驚女伴隔水打鴛鴦

菩薩蠻

小庭日午東風暖絮飛零落春過半鄉思隔關山開籠放白鷴　夜深鐙有暈煙斷香初燼玉漏莫教催㝱和潮水回

浣溪沙

舊㝱依依睡起遲春慵無力試單衣薄寒天氣費零時細雨輕煙鶯百囀暖風斜日蝶雙飛畫廔東畔小堂西

賀新涼

題隨園先生歸娶圖

驄馬東風立有丹青公然留住少年顏色閒把生綃重
展處脈脈自憐陳跡回首憶玉堂瑶席故我今吾誰解
認喜妝臺猶有人能識昔寱語感而述　金蓮寶炬人
難得況而今杖朝已近尙調琴瑟如此恩榮如此壽千
古才人第一眞不羨蓬萊仙客佳話流傳如隔世念門
人生晚從何說長短句聊塞責

菩薩蠻

炑夜與仙品妹聯句

玉階人靜唬蟲宋銀屏寱斷砧聲急碧梧　疎樹帶微霜
小堂炑思長仙品　隔窗鐙閃暈澌瀝西風緊仙品　深
夜葬憑闌月高清影寒碧梧

點絳唇

扇㥦輕羅捲幰漸覺烛光冷小庭人靜疎柳和煙暝點點流螢入戶飛鵶定闌重凭風聲月影還是當年境

相見歡

垂時小立苔茵蘚依人記得柳緜如雪正殘春　砧聲急蟲聲咽忍教聞又是梧桐深院月黃昏

昭君怨

斜日半幰飛絮昨夜小樓風雨闌外不勝情晚寒生芳草綠迷歸路門掩落緜無數昏廖不分明恨啼鶯

浣溪沙

茉莉

纖手分來點鬢疎幽香開遍一株株星星如玉復如珠

團扇寥回新雨後綠窗人浴晩涼初小廊風透碧紗幮

菩薩蠻

華堂宴罷笙歌歇夜深香裊鑪煙碧酒醒小屏風燭花相對紅

玉釵金翠鈿柳葉雙蛾淺日午未成妝繡襄雙鳳凰

前調

翠衾錦帳宵寒夜銀屏風細燈䍃譈鴛枕寥鷄成綠窗唬曉鶯

愁來天不管鬢墮眉痕淺蕩子不還家東風天一涯

如夢令

簾捲綠窗風定雲鬟起來慵整羅韈下階行還是去年風景人靜人靜日午鳥嗁花影

荓調

嗁鴂一聲何處芳草綠迷歸路風暖日初長午倦倚闌無緒春去春去門掩落花紅雨

沁園春

眉

纖似蛾兒翠分螺子柳葉半彎憶錦屏嬌倚月橫秋水繡衾慵起霧鎖春山翻譜鮮新入時深淺女伴端詳可否問消魂處向碧紗窗下晝了重看　含情醉撥么絃

覺紅泛毵腮黛更妍但傾城一笑舒來堪愛捧心無語
顰亦增憐秀襯風鬟長侵雲鬢昔日文君欲比肩風流
甚怕脂凝粉污淡掃朝天

苒調

鬢

掠月梳雲宜貼翠鈿低叢玉容怕涼妝微脫薄施螺翠
掤風易透密護貂茸粉項初壓香腮欲度半倚屏山記
乍逢嬌慵甚怪金釵斜溜一縷兜鬆　水晶簾子玲瓏
看睡起分明曉霧籠愛雛年新攏鏡臨妝水雙星悄拜
指拂䇿蔥膩刷鵶青輕裁蟬翼卻稱單衫杏子紅華筵
散隔香燈悵望兩兩巫峰

浣溪沙

十二珠㡘擠碧牕懶吟慵繡不成妝困人時節日初長
湖水雨餘浮鴨綠柳絲風暖漾鵝黃畫船猶記落釵
香

十六字令

明雨過南軒月影橫疎㡘捲滅燭坐調笙

南鄉子

與仙品妹話別

無計可商量離思千重淚萬行庭院晚來天欲雨風狂
明日扁舟莫渡江　十二碧紗窗裊盡金鑪小篆香說
著舊遊心轉悶難忘雪月釵時最斷腸

清平樂

與仙品妹聯句

月明風細碧梧 雲澹魚鱗碎仙品 身倚闌干心似醉碧梧 種種別離滋味仙品 今宵燭翦窗紗碧梧 明年書寄天涯仙品 㡘幙愁深燕子碧梧 煙波瀠繞蘆萼仙品

憶秦娥

送仙品妹

鶯嗁急落萼滿地無人惜無人惜尊前別酒天涯行客匆匆折柳流觴節孤舟風味誰禁得誰禁得暮鴉殘照水聲山色

臨江仙

晝永深閨慵不捲紗窗風裊鑪煙最無聊賴是今秊夜闌消夢雨春盡落花天　記得陽關低唱處河梁回首潸然從來聚散總前緣行雲無定住明月有虧圓

少年游

立夏

著柳煙濃送春雨細猶覺峭寒生慵影參差綠陰長晝枝上杜鵑聲　厺秊今日闌干外日暖午風輕紅摘櫻桃青拈梅子何處寄離情

柳梢青

紅藥東風綠陰疎雨何處鳴鳩門掩殘春慵壓清晝人倚高樓　緜緜不斷離愁佀芳艸萋萋遍洲天若有情

月如無恨水亦西流

蘇幕遮

白蘋洲黃葉渡雲靜秌空人逐飛鴻去目斷高麼天欲暮遠水孤帆衰艸斜昜路　漏聲沈桐影午江闊山遥有寥還鷄度帹外霜寒風不住明月蘆彎今夜知何處

浪淘沙

風靜繡帹閒燕語梁間小樓詩酒憶當年今日西窗重翦燭細雨輕寒　彎事正闌珊又唱陽關夕昜首水木蘭船斜立畫屏煙篆泠月到闌干

憶故人

桂子香清燭影寒正玉殿開瑶闕圍棊彎底惜耍闌人

靜鑪煙歇　又是中秌時節獸凭闌西風淅淅一天涼
露滿院蛩聲半堦明月

菩薩蠻

小庭昔公重慊下東風一霎吹霙謝底事惜分飛隔臉
唬子規　舉頭還見月脈脈傷行色今夜莫敎寒有人
羅袂單

點絳唇

折柳尊前離亭歌罷西風咢路遙酒醒立盡斜昜影
流水行雲從此知鶗定闌休凭月殘煙暝總是淒涼境

清平樂

看霙賭酒樂事何季又門巷消寬重插柳細雨禁煙時

候　庭中明月團圞天涯芳艸芊緜夜夜小廔旾㝱隨
風飛度關山

菩薩蠻

晴絲搖曳東風午紗窗㝱遶屏山路日暖杏雩香小庭
旾晝長　夢歸慵乍捲幽思天涯遠新月半黃昏行人
江上邨

水龍吟

日斜微雨初晴薄寒天氣清明矣重門半掩踈簾低捲
單羅衫子芳艸池塘落花庭院黃昏獨自裊紗窗篆縷
東風乍暖闌干外旾過二　回首舊時游處問年來幾
番花李浮雲一別草煙孤棹曉霜征轡鴈字無憑烁聲

又起魚沉江水但團圞今夜小慶明月照八千里

菩薩蠻

日長深栁黃鸝囀繡牀風緊紅絲亂微雨又殘宵落箏深掩門　高慶眉暗蹙芳艸依然綠酒醒一鐙昏思多瘳似眞

壽調

爐煙裊裊人初定紗窗月上梨花影宵色自秊秊故人山上山　露寒風更急此景還如昔記得倚闌干夜深人未眠

點絳脣

一枕秌聲殘燈瘳斷分襟處一番愁緒堦下梧桐雨

記得忩忩深院留晋佳簾垂户鶯啼燕語日暖雩陰午

一落索

寄仙品

茸茸芳艸煙籠碧又逢青色落雩啼鳥已消魂忍更作

天涯客　堦下苔生行跡斷無消息小樓一夜雨和風

都吹入凄涼笛

清平樂

繡簾慵捲篆縷迴腸轉臨鏡自思人近遠忘了晝眉深

淺　單衣初試寒輕錦屏閒却銀箏又是清明時節落

花窗外啼鶯

菩薩蠻

陰陰細柳深深院日長睡起簾初捲花底蝶成團背人偷倚闌　綠窗春繡倦意緒柔絲亂枝上子規啼遼陽音信稀

相見歡

梧桐簷影層層下簾鉤消得幾番疎雨幾番秋　金鑪篆風吹亂寫春愁何處飛來殘夢五更頭

清平樂

日長春去只是無情緒柳下重門零下路記得舊曾游處　輕寒小雨初晴暖風處處啼鶯闌外海棠零謝天涯歸信無憑

前調

畱旾不住一任旾歸厺門外馬嘶芳艸路雩落子規嗁
處　陌頭栁色青青絲絲欲綰離情悶卻鴛鴦繡譜畫
屏獨背銀鐙

憶秦娥

立夏寄仙品

人天末緑肥紅瘦和誰說和誰說故鄉櫻筍他鄉風月
閒庭旾厺愁還結脆圓薦酒酴醾節酴醾節此時此
景一般傷別

邁陂塘

燈雩

問青鐙今夕何夕空閨向人雩吐愁多翠葉眉常聚又

禁密珠如語秌又暮更窗外蕭蕭幾陣芭蕉雨無聊心緒怕玉子敲殘金釵撥墜千里阻魚素　凝思處繡幃蘭膏月午微風影搖煙縷酒闌背壁坙坙影侶江郎仙句占屢誤但冷結閒開報喜偏鵲據蟲聲正苦伴淺碧輕紅遠情深恨相對共淒楚

水龍吟

游絲

雨晴乍暖猶寒淸明時節閒庭院飛花簾幙輕煙池館繡牀鍼綫曲曲迴腸悠悠愁緒隨伊縈轉颺芳郊翠陌流雲厺水渾無著教誰管　九十韶華過半記南園踏靑歸晚紅香影裏綠陰疎處飄揚近遠搖漾吟魂懵騰

午夢頓成春懶但壓壓斜日小闌人靜晝長風輭

百字令

和花海叔韻兼寄仙品

喧蜂鬧蝶倚薰籠繡倦綠窗殘縷闌外風傳鶯信息廿四番今過五杏雨霏紅柳波漾碧芳艸無情緒重門深掩任他春色如許　猶記社日停鍼雕梁燕子還覓年時侶舊恨新愁拋未得種種都來眉嫵芳信魚沈新詞韻險没個商量處黃昏月冷畫屏斜立無語

虞美人

昨年燕子喞鶯去春色留鵑住前年人倚畫廔東惆悵一簾飛絮暮煙中　今年又是酴醾節此景還如昔小

廊立盡看歸雁卻恨無情芳艸遍天涯

點絳脣

沓草憶仙品

翠倚疎簾昨宵聽冷池塘雨天涯離緒歲歲和沓住又是乖時煙鎖埀楊渡斜昜暮片帆何處緑遍歸來路

浣溪沙

燃裏韶華別後心冷吟閒坐又沓深青楳如豆栁成陰曉鏡匆匆尼啒緑樹夜窗蟢子上羅襟天涯何事信沈沈

清平樂

雨夜懷仙品妹

風寒雨細釀作愁滋味鴛枕半欹人不寐點滴綠蕉聲碎　當時翦燭牕西而今月黑雲迷記共海棠深夜玉階飛上羅衣

湘筠館詞卷上

湘筠館詞卷下

仁和孫雲鳳碧梧譔

聲聲慢

題花海叔惜花春起早圖

柳塘殘月水閣明霞闌干十二新晴弄影霏香東風吹徧園亭簾前幾番芳訊勒花梢燕子寒輕最怕是隔紅牆彈鵲綴上金鈴　吟罷焦桐漫撫向疎牕曲檻獨自閒凭百五韶華都教付與嘑鶯催動千林曉色聽數聲畫鼓晉城無人會是搓酥滴露一種柔情

菩薩蠻

迴文寄仙品妹

小簾疎雨花飛曉曉飛花雨疎簾小寒峭覺衾單單衾覺峭寒　燕歸傷客遠遠客傷歸燕燃莫倚高廔廔高倚莫燃

浪淘沙

風螢

青影亂簾旌點點春星碧天如水月華明深院夜涼人乍定吹墮銀屏　闌外竹聲淸半臂紗輕玉堦猶憶那時情團扇輕羅兒不任茉莉釵橫

沁園春

粉撲

薄絮團雲紅綵裹雪製擬圓蟾見幾回睡起枕痕徐拭

七盤舞倦香汗微粘朱戶晝閒絳臺晝永暖玉無瑕拚
翠奩看彎厺愛女郎代撲一笑輕拈　五絲纏勝吳蠶
更熨貼還將繡樣添漫熜多慵抹柿眉翠減酒深羞揾
杏頰朝酣浴罷銀屏妝成珠箔白覆蘭胸透茜衫鵝忘
處羨芙蓉鏡畔得近纖纖

鷓鴣天

贈度曲女郎

細雨和風溼繡簾晝寒初試越羅衫綠楊影裏鶯聲滑
紅杏香中蝶夢酣　思往事憶江南翠屏銀燭篆蛾纖
而今冷夢閒怱夜明月無情墮畫檐

清平樂

懷仙品妹

麝鑪煙亂燭影瓶䨮短魚鴈不來消息斷宋窠錦屏人遠　任他女伴嬉游一春常拚高慶除卻雕梁燕子無人解得春愁

浣溪沙

小院濃陰綠耍幽鷓鴣聲裏夕陽收棗䨮微雨釀成㶣涼月玉簫懷舊𦧲東風池艸惹新愁一春心事倚高慶

長亭怨慢

畫梅寄仙品作此闋題其上

看點點林梢初透倚竹無言暗香盈袖水遠天長素心

獨抱向誰剖粉融脂溜纔過卻燒燈後望斷隴頭雲鎖
宗寞雙蛾頻皺　記否共巡檐索句手撚一枝還嗅江
城玉笛翻吹出關山楊柳早又是澹月疎簾照清影和
人俱瘦縱筆吐江花鵝寫春風如舊

菩薩蠻

七夕

年時女伴年時院迎風鬥巧誇鍼綫拜罷燭花明羅衣
香暗生　事隨流水去此恨憑誰語涼動畫屏烌黃昏
月一鉤

祝英臺近

端午寄仙品妹

繡簾垂朱戶靜庭午栖陰直堦下榴花獨自忍攀摘那堪艾虎懸絲鬟絨貼勝空凝望海天空闊　總休說猶記葵扇題詩鈫映越羅雪撚指流光眉翠總成結負他兩度薰風幾番梅雨想懷抱也應非昔

眼兒媚

題仕女圖

雲鬟玉貌小庭深閑卻紫瓊琴背纖乍露銀毫未落幾度沉吟　井梧攬得西風碎清露滴羅襟三分月色半痕煙影一點炑心

少秊游

㝱

梨雲縹緲東風料峭寒戀繡衾重庭院遊絲池塘芳艸句惹一晉中　錦屏晝永無聊甚鴛枕乍朦朧葬打黃鶯隨他蝴蝶飛入杏雩叢

念奴嬌

玉蘭寄仙品妹

玉梅未落早東風作弄浴蠶時節衣卸湖緜猶道暖直似殘冬無別柳眼全舒蕉心欲展芳艸連天末闌干凝望玉蘭開遍如雪　猶記昔日東牆海棠嬌倚半被輕寒勒最是黃昏疎雨過揜映晶簾明月摘粉香清煎酥色膩庭下曾攀折綠牕人遠此情還共誰說

憶秦娥

炑蕭瑟黄昏獨坐牕兒黑牕兒黑風風雨雨怎生眠得

魚沈鴈杳關山隔故園又近茱萸節茱萸節遠書不

至鐙花空結

滿江紅

題燭溪叔祖篷牕聽雨圖

一舸西風吹暮雨沙淸渚白儘吟嘯水雲深處鷺閒鷗

逸帆挂鄉心生遠浦艣揺涼夢依炑荻響蕭蕭夜半聽

無眠情懷別　漁火亂蓬窗宋峰隱翠波涵碧止暗潮

吞吐斷崖千尺點點輕迷天際樹聲聲淸入煙中笛展

新圖忽憶下瀟湘渾如昔

浣溪沙

簾捲東風燕子飛杏萼天氣賣餳時秊秊孤卻踏青期　繡榻眉閒人悄悄畫屏寒淺漏遲遲小臉和月寫横枝

祝英臺近

自題畫木芙蓉

碧雲高黃葉卷霜冷小庭院聞說芙蓉隔岸已開遍最憐寫入西風美人清怨暗驚覺流光催換　慢留戀試看無語盈盈露溼絳羅輭渺渺余懷天際綠波遠恍疑蘭槳歸來醉紅零亂正一片暮江秌晚

喝火令

題余慈柏秌江獨釣圖

天淨明霞歛山遥翠黛浮瀟湘煙景畫中收鞴與長竿裊裊獨自釣清流　逸思冥冥隱閒情點點鷗斷無人處一扁舟只有斜陽只有晚風柔只有荻竽楓葉月冷半江秌

疎簾澹月

題李晨蘭女史茶煙覔[illegible]圖

蕉陰竹影倂攪碎斜陽雨晴庭院靜倚妝臺衣惾輭羅寒淺鳳團初熟瓶笙沸悄無人繡帷低捲星眸乍合雲鬟半墮綠憁吟倦　又何處西風吹斷正池生謝艸夢開江管綠雪氷泉肯許煩襟同浣憑誰喚醒靈心問望吳江波闊天遠碧煙空繞清香漫惹畫屏秌晚

鵲橋仙

七夕

蛛絲屋角，蟬琴對杪，雨歇黃昏新霽。月鉤半吐畫屏怵，早逗得一番涼意。　吟箋爭擘，繡絨分剖，不是季時風味。調脂膩粉染幽花，要乞取天孫巧思。

十六字令

輕。日暖紗牎風細生。瓶笙落，蝴蝶上簾旌。

壽調

聽六曲屏山倚曉晴。流鶯囀，風遞隔笙聲。

菩薩蠻

寄仙品妹

繡衾不寐愁如織玉鑪煙裊紗牎碧殘月照簾鉤鴈聲
寒帶烁　夜闌人宋宋何處高廔笛鐙背小屏孤瘦無
書也無

如夢令

游絲

裊裊亂粘花絮撩擾綠窗情緒無賴是東風依約欲飛
還住無據無據爲我帶將愁厺

清平樂

次彎海叔湖上韻

晴絲風亂花裏紅牆短一抹柳煙疎欲斷昔色六橋重
見　衣香鬢影輕舟金尊檀板層廔歌向小牎閒坐滿

庭細草生煙

浣溪沙

自題畫梅

冷蘂飛香上筆端早旾消息隴雲寒東風欲寄一枝難
似色似空和月折非煙非霧卷簾看黃昏清影到闌
干

沁園春

簾

玳瑁斑勻水精波靜十二闌干記看花處上卷殘暮雨
畫眉窗下遮卻朝寒鏡映青環曲傳紅豆夢斷房櫳隱
隱間東風峭愛玉纖半揭杏子衫單　玲瓏明月團圞

莫深坐顰眉永夜看想畫廊人倦銀鉤斜控雕梁燕穩綵索低懸草色遥侵箏香不凝鏡匣無塵裊篆煙湘紋隔帳濛濛絮影庭院晝閑

浪淘沙

題嫻卿妹停琴佇月圖

金鴨篆煙沈風滿羅襟暮霞紅斷碧雲深輸與阿連清興好石上橫琴　歇坐漫沈吟空際餘音待他蟾影挂疎林一院嫩涼閒不寐無限怵心

點絳脣

題傭之叔醉墨圖

座上春風卷簾爐篆飄颸牖娛清晝墨花香透滋味濃

于酒　滿紙淋漓一試揮毫手披圖久硯池波皺腕底煙雲走据誰前段娱淸畫句誤多

十二時

題郭頻迦浮倉廔圖

霏霏煙影濛濛栁色盈盈烌水高廔正相對有伊人凝睇　十幅蒲帆歸厺矣錦屏前水晶簾底雙蛾代描郤比遥山還翠

虞美人

自題海棠畫幀

鹿盧破夢鶯嗁曉庭外曾多少禁煙時節栁絲風吹得海棠枝上幾分紅　黄昏月澹紗牕薄掩映闌干角脂

鮮黛綠總難描猶比桃花丰韻杏雩嬌

減字木蘭花

自題畫梅

疎牕寒色獨抱冰心誰似得瘦格玲瓏人倚珠簾第幾重　風多霧重昨夜冷香吹入牖檢點繁枝猶勝昔前雪壓時

齊天樂

題汪姑母感燕圖

鏡容已自分鸞影喃喃更聞孤語漠漠昔深陰陰晝永似怨東風無侶將飛又住念憔悴紅牕伴人閒處那更黃昏杏梁相對暗酸楚　迴腸縈將綵縷鎮沈吟小坐

纖指頻撫栁絮池塘棃花簾幙不是平時情緒流光暗度記社日停鍼幾囬延佇算便烌來嫩涼催欲去

疎影

題梁蕉屏表叔撫梅圖

古梅瘦石似隱栖九里斷無塵跡枝北枝南雪後霜苒幾度問他消息沉吟樹底摩挱徧定寫入沓風仙筆變滿庭澹影疎香口有幾人消得　猶記孤山山下凍雲吹散也一湖寒碧渺矣林逋宋寡空亭何似此中清絕幽懷盡日忘言坐共抱卻冬心高潔想月明煙冷黄昏還有翠禽曾識

賣雩聲

題邵庵叔桃花流水圖

深對胥晴烟棲處悠然游蹤常共白雲還細認仙凡都不是好个溪山　黄鳥聽間關翠艸芊緜紙牕竹屋小吟箋飛盡桃花渾不語贏得春閒

應天長

錦衾香冷消蘭麝明鏡黛眉慵不畫重簾下憐深夜細雨短檠寒穗謝　柳梢新月挂記得晚涼初夏花底酒闌歌罷箇儂蟬鬢卸

浪淘沙

題郭頻迦春山埋玉圖

香篆鎖重雲寤也還眞𠦜華芳草認羅裙只有玉梅花

萬點月逗春痕　宋冥輭紅塵玉碎珠分雪膚花貌可憐人隔個綠波招不得黯盡吟魂

轉應詞

庭院庭院薄暮東風吹遍畫梁雙燕初歸惆悵天涯絮飛飛絮飛飛絮人在繡簾深處

虞美人

題秀芬妹額粉庵聯吟圖

翠屏良夜踈簾曉雪月花時好鸞牋爭擘句先成應憶謝庭風絮那時情　池塘夢草籠煙碧江水盈盈隔靈心試問綠窗人分得畫眉仙筆幾分香

壽調

題蒔花小築香箋圖送許宜芳女史于歸吳門

屏開孔雀杯浮綠有箇人如玉東風明日片帆輕兩點修蛾新鬥遠山青　瑤笙翠管相催久紫燕雙飛處一庭香影醉斜陽無限濃花薰得綺羅香

探春慢

題管湘玉女史小鷗波館小影

高閣凌空層樓倒影一片澄波如練鬥鴨闌邊聽鸝栁外隱映香風人面愛茜紗牕曲半遮佳畫屏山遠最好明月圓時溶溶搖漾光滿　絕代名姝有幾羡玉貌清才仲姬重見白雪吟成綠箋寫罷閒卻生花銀管無語閑凭處撚翠袖越羅香輭烟斂黃昬碧痕飛上眉淺

齊天樂

咏白秌海棠兼憶仙品妹

蓮衣未褪星期過閑庭嫩涼天氣宋宋牆陰深深苔罅花吐幾分秌意冰清玉瘦瘦字應叶正揜映紅臉伴儂憔悴月澹煙疎露螢點點短叢綴　秊時夜闌不寐絳紗籠燭照微雨初霽素靨凝愁幽香釀韻別有一般風味天涯此際定蕭瑟空階悵思前事漸漸西風怕吹成粉泪

西江月

自題詞稾兼寄仙品妹

別緒逗將吟緒愁心翻作閒心美人香艸意偏深說與旁人不省　一自雁行雲散幾番月色花陰何時一鼓

海風琴共對西牕燭影

湘筠館詞卷下

韞玉樓詞

韞玉廔詞

韞玉樓詞

常熟屈秉筠宛仙譔

菩薩蠻

納涼美人圖

涼雲悄度花陰碧月鉤勾起相思夕卷上水明簾驚囬蝶夢纖　玉堦閒立定未覺弓鞵冷生怕好風來羅衣被揭開

太平時

西風

取次篆香過檻前半鉤簾繡襄吹動褶痕鮮暗相憐蝴蝶雙雙棲不定艸如煙輕寒掠夢破朝眠嫩晴天

越溪春

春陰

天影濛濛春色澹香霧鬲雰浮碧紗半展紅闌撲恰新妝人倚高樓初煖仍寒微殅尚晦如瘳還愁　輕風暗颸簾鉤煙篆結香篝有時三點兩點侶雨吹來撩亂雙眸憐絕棄棠含醉絲絲鎮自垂頭

虞美人影

一番花信乍回瘳沒箇些兒閒空早起簾鉤未控已有禽聲弄　開籢祇覺眉山重埽殺宣毫無用幾片雰飛不動愛殘春斷送

重疊金

梨雩雙鬟儍面

東風吹得棃雲老，菭茵幾尺蘼香早。蝴蝶儚無蹤，殘妝不肯濃。　看他雙鬟子，憐惜還如此。銜得一星星，無非是好音。

菩薩蠻

題扇

長天綠瀉蟾波溼，擣衣聲裏烋無迹。雙影玉駢肩，落堦剗韈蓮。　幽懷延好儚，𠖥著巫雲重。生未識湘皋，心知是二姚。

南鄉子

翠雲艸

貼徧玉堦苒秀比雙鬟色更鮮認是煙絲吹不斷纏緜
肯學餘霞散碧天　弱步不勝憐誤向炑陰拾碎鈿爲
囑采藍人子細裊邊些小根苗鎮自牽

醉太平

陳寶月夫人結璘爲瞿畱守子婦詩畫俱娟逸
其翰墨流傳絕少嘉慶庚申吳竹橋太史獲其
詩畫便面各一疑畱守歸骨後隱居東臯別業
所作櫝以見示爲塡此詞

山川刼塵繁華寤醒金閨何限傷情□東臯數楹　蘭
姿蕙心豪仙墨靈休嗟舊業飄零化煙雲自新

獻衷心

子梁心佛圖

料佛飛輕易心許凡人多則爲種前因向妙蓮臺座頂禮功深還不若方寸地自家尋　無佛處佛纔眞此中空洞卽檀林把至情堅鑄不壞金身毋退志休褻念莫分心

慶清朝

山寺觀槑

雲拂衣輕風梳鬢薄香來古佛龕中清寒一片旃檀和氣交融此地誰横鐵篴尋沓喚醒玉虬龍間凝竚四圍冷翠裹住芳叢　是畫是詩是寥恰憑欄閒想雪意朦朧羅浮世界前生蝴蝶曾逢遠島不知傍态夕陽斜貼

一山空飛樓峭眾峯爭赴東底玲瓏

漁家傲

楊雩

水外堤邉昔影瘦依稀侶寥和情逗正是高樓簾捲候斜陽漏半窻姓雪紋紗透　撇却繡茵溫又厚迎風只愛天涯走化作浮萍緣亦偶心知否一池昔水剛吹縐

青玉案

五更

一鐙紅賸殘花滴覺悵底濃寒襲倚枕聽時聲響宋鐘兒敲畢雞兒嘑歇窻影依然黑　此時小寥剛收拾又幾許閒愁積耐得繡衾頻轉側悽悽惻惻思思憶憶誤

了東方白

踏莎行

燭

欺月清寒助人艷冶最宜畫閣藏宵夜怯風翠裏要深遮惜㝱金翦休輕下　刻向詩闘燒來酒社鬧簾摇影紅初灺生憎雙泪對儂抛可憐餘燄憑誰借

金縷曲

題前朝女史李令生水墨㝱鳥卷用卷中錢浣青夫人元均

煙水縈遶艇艤蕭蕭秋畦夕照菊采三逕愁聽念家山唱破清泪明珠比瑩借筆墨閒情聊騁繪出淒涼花鳥

意輭紅塵不點生綃淨脂粉斷倍幽靚　宣和舊譜重思省問當年南朝煙月雪泥鴻影竹咲軒中曾久一點佛鐙低映又收拾筆牀嚴整展卷風流如可接想鷗波小㾕同鷗醒寫不盡韶光冷

蝶戀花

寒夕與徐姬蓮卿閒坐

紙閣綵花寒不凍身坐花裀香在心頭動碎爇鑪熏無可用幾枝鹽雪曾人擁　語咲移時孟茗共燭外霜鐘又把昏黃送今夜餘情應入夢天高月瘦詩寬縱

楚畹閣詩餘

楚畹閣詩餘

楚畹閣詩餘

常熟季蘭韻湘娟撰

如夢令

雨夜懷珧書妹

深戶綉簾風動，細雨黃昏悽重。憶得送行時，一把淚珠相送。如夢，如夢，只有自家心懂。

長相思

寄珧書

贈鮫綃，答鮫綃，兩地相思怎樣消。將心託寸毫。路迢迢，夢迢迢，一片蒐隨早晚潮。知君招不招。

清平樂

春日遣懷

春愁鶯遣揺颺東風，輭午寤醒來簾不捲，底事新添慵懶。鶯消脈脈閒情晝長，弄筆窗楹卻被雪衣娘子，㟅弄細聽吟聲。

一翦梅

暮春

九十春光欲盡天，愁緒今年更勝前年。依人新燕惹人憐，學語纏綿學舞翩翩。遣悶還臨鏡檻邊，幾幅詩箋，一炷鑪煙。無聊終覺口難傳，風已蕭然，雨又悽然。

點絳脣

鷄冠花

一種奇花素烁濃染臙脂色岸然高幘細麗紋如織
五德兼全笑爾名空得東方白不聞聲息悄向霜風立

清平樂

春分日感懷

傷心難說往事都湧雪痛憶廿年生死別正是落花時
節　當時笑語花晨而今宋歷黃昏泣到眼枯血盡尋
它一縷精魂

蝶戀花

暮春花下

纔說春來春便去百轉思量無計畱春住泪眼問春春
不語忩忩究欲歸何處　花謝花開能幾許過了清明

漸漸飛紅雨霎卻笑人心不悟青春畢竟誰能駐

擣練子

聞鐘

良夜靜碧天空悄地花陰下綉龕一念不生塵意絕數聲敲徹月明中

點絳唇

瓶菊

折得霜葩膽瓶插處寒香襲撈簾風入烁在枝頭惜几淨窗明點染眞幽絕重陽節記曾相覓猶自無消息

清平樂

偶成

朝來鵲噪噪得儂煩惱且把離情吟草草一幅雲箋殘稿　無聊獨倚闌干思思想想心酸嘗盡世間慼慼味幾時泪眼才乾

采桑子

寤妹

朦朧見妹歸歡聚並坐房櫳細話離悰握手依依舊日同　雞聲驚醒天將曉纔喜相逢怎便拋儂贏得鮫綃泪點濃

聲聲慢

春宵歇坐風雨淒然挑書適因小極過從話雨未能也用漱玉調譜此㠯寫幽懷

蕭蕭瑟瑟做弄春寒相思寄弁肥遂寫韻紅慶天樣一般遙隔前宵記曾聚首轉添儂者番傷別便算是再相逢怎抵斷腸時節　此際離愁如織鐙燄小惺忪欲眠鶼得病耗傳來試問有誰憐惜東風又吹冷雨打窗紗助我慘咽此況味兩地裏青鬢易白

東風第一枝

宿雨初晴春光欲盡用渼溪調聯句

碧釀新寒香牽舊恨春痕黯澹如許 湘娟 怨情密化游絲杜鵑替人寄語 礪之 殘紅飛盡但悄憶東風前度 湘 把泪珠拋沁香泥瘦裏翠陰如雨 礪 煙影瘦半天弄絮 湘 空自向畫檐暗訴 礪 嫩晴閣住斜陽倚闌自吟怨

句湘

澹雲搖暝又細繪銷蒐庭宇礪甚亂愁隨了春來

不解也隨春去湘

唐多令

連朝苦雨情緒無聊礪之偶塡此調詞旨淒婉

倚聲和之卽次原韻

細雨黯寒煙懷人晝似年倦拋書且自閒眠已自工愁

愁未了又遇此作愁天　剩冷戀吳縣孤紅瘦可憐泪

珠濃彈碎雲箋玉笛一聲旹去也旹恨在兩眉邊

貂裘換酒

丙子旹余爲仙客製鴛鴦綉囊未竟而仙客謝

世越七載織雲姪女請綉成之旋卽病瘵於丙

戌冬殁斯囊終未成也余悲彩雲之易散慯綉
譜之不終塡此以當輓歌亦聊以自遣云爾
殘綉鴛鴦譜未模糊鍼痕綫跡助儂淒楚記得當年紅
窗暇悄聽畫眉人語將一幅吳綾裁取誰料罡風摧比
翼忍愁絲怨縷都抛置未了事向伊訴　茫茫碧海驂
鸞去問天孫織殘雲錦甚時重補依舊空箱深深鎖添
了嘅痕幾許但消受連番愁緒夜雨孤鐙重展處寄相
思譜作銷寬句人去也恨千古

高昜臺

見楊雩感悼仙客

舊寥隋堤新愁謝砌和煙細撲簾旌已苦啻歸被伊碎

盡咠心吟蹇淒共游絲渺趁東風自去追尋認分明點點香毬併做㗊痕　飄零也侶殘紅樣任無人憐惜自管離情散入池塘倩誰扶起輕盈化萍縱使還能聚柰相逢已是來生耍淒淸待得重圓記否蔣因

壺中天

子瀟太史復以叔美錢君所畫隱湖偕隱圖屬

題

向湖千頃鏡匳光蕩得吟情如許別有古梅三世界一笑咠無尋處鷺老吹涼兔眠選寢一葉飄然去玉臺雙影暗香飛上眉宇　還記仙署當年珊珊珮振妙奏淩雲賦抛卻軟紅塵十丈料理天隨漁具寫韻樓臺遥波

亭館一樣同圓聚菱歌四面紫簫還按新譜

醉花陰

送春日大雨竟日惜春光之已盡驚歲月之如流對景懷人漫填小令以寄珧書

苦雨聲中春已去春去無尋處雨慣阻人歸問雨如何鶗阻春歸路　惜別惜春愁莫訴併作新詞句不識到明年相送春時可是人如故

前調

擁髻閒聽終日雨添得愁如許泪眼已流乾不信天心更比儂心苦　遙想畫樓人獃處此際生離緒慰語莫悲酸須有相逢時節情償補

菩薩蠻

妒㜷風雨來何速空庭一夜埋香玉惜玉與憐香愁人欲斷腸　斷腸非獸我鎮日含愁坐知爾在高廔如儂一樣愁

金縷曲

烌夜寱外醒逡感成

烌雨敲窗急寱驚回曉鐘乍動殘鐙將滅片刻相逢畱不住宛轉深情如昔渾未改舊時形迹醒逡音容何處𡘋但贏來滿枕啼痕溼身世恨一時集　追思往事心傷絕痛而今生誠有怨死尤無益祇悔當季儂負約不合任君輕別何苦把孱軀偷活輸與鴛鴦能並命枉千

迴百轉空相憶心只願早同穴

摸魚子

題外姑母素眞夫人遺照後附其幼子遺容共

裝

問生綃連番畫出如何畫得嫵緒碧雲天外烋如水中有飛仙歸路仙不語仙已在瑤臺十二珊珊步披圖認取甚玉鏡緣慳金環瘦冷併作斷腸譜　犇生恨只結三年鶯侶招魂還唱騷賦未容仙果人間種也被春風吹尒酉且住空賸了曇綹小影薰香護零煙斷絮潘鬢已星星兩般口口付與玉簫訴

調笑令

宵夜與墨香聽雨

宵雨宵雨卻好洗將愁去常時聲滴庭隅攪得離人寥無無寥無無寥歡喜今宵聽其

南廔令

雨夜懷墨香

入夜雨淋浪風聲助勢狂對孤鐙膽怯空房憶得前宵同聽際渾不是恁凄涼　酒怕入愁腸無言黯自傷且拈毫消遣更長怪煞離情吟不盡吟罷了又思量

傳古樓景印

圖書在版編目（CIP）數據

小檀欒室彙刻閨秀詞．第九集、第十集／（清）徐乃昌校刻．-- 杭州：浙江大學出版社，2018.6
（傳古芸香／李保陽主編）
ISBN 978-7-308-18160-0

Ⅰ．①小… Ⅱ．①徐… Ⅲ．①詞（文學）—作品集—中國—古代 Ⅳ．①I222.82

中國版本圖書館 CIP 數據核字（2018）第 078085 號

小檀欒室彙刻閨秀詞 第九集 第十集
【清】徐乃昌 校刻

叢書策劃	陳志俊
叢書主編	李保陽
責任編輯	王榮鑫
責任校對	田程雨
封面設計	温華莉
出版發行	浙江大學出版社 （杭州市天目山路 148 號 郵政編碼 310007） （網址：http://www.zjupress.com）
排版	杭州尚文盛致文化策劃有限公司
印刷	浙江新華數碼印務有限公司
開本	880mm×1230mm 1/32
印張	31.5
字數	246 千
印數	0001—1000
版印次	2018 年 6 月第 1 版 2018 年 6 月第 1 次印刷
書號	ISBN 978-7-308-18160-0
定價	300.00 元（全四册）

浙江大學出版社發行中心聯繫方式：（0571）88925591；http://zjdxcbs.tmall.com